HÁBIL SUPERVIVENCIA

ExLibric

LUCÍA HINOJOSA (XANAH)

HÁBIL SUPERVIVENCIA

EXLIBRIC

ANTEQUERA 2025

HÁBIL SUPERVIVENCIA
© Lucía Hinojosa (Xanah)
Diseño de portada: Lucía Hinojosa (Xanah)

Iª edición

© ExLibric, 2025.

Editado por: ExLibric
c/ Cueva de Viera, 2, Local 3
Centro Negocios CADI
29200 Antequera (Málaga)
Teléfono: 952 70 60 04
Fax: 952 84 55 03
Correo electrónico: exlibric@exlibric.com
Internet: www.exlibric.com

ISBN: 979-13-87707-65-1
Depósito Legal: MA 857-2025

Impresión: PODiPrint
Impreso en Andalucía – España

Nota de la editorial: ExLibric pertenece a Innovación y Cualificación S. L.

LUCÍA HINOJOSA (XANAH)

HÁBIL SUPERVIVENCIA

A quienes estuvieron a mi lado y confiaron
en mí cuando no era más que un sueño

Introducción

Jun nace en el contexto de una familia desestructurada, con unos padres que no sabían quererla y, mucho menos, cuidarla; unos padres negligentes, ausentes, conflictivos y problemáticos; con un tío que la quería mucho, pero no significa que fuera mejor que los padres, pues no la quería de la forma adecuada, no la quería de la forma apropiada, no la quería como se debe querer a un niño. Y su hermana, su hermana y ella se amaban con locura, eran inseparables, era su gran pilar, pero pronto se marchó, quedando Jun sola y desprotegida ante el gran abismo.

En su casa iba todo mal, pero en el colegio nada iba mejor; era la típica niña que siempre estaba sola, la rarita, la que suspendía todo. Era objeto de risas y de burlas por parte de sus compañeros y así aprendió que el sufrimiento era la base de la vida y que, si quería ser feliz, tenía que buscar a gente que le hiciera daño para serlo. Es así como empezó a entablar relaciones con gente muy tóxica; primero de amistad, más tarde, de pareja, y también es así como se fue relacionando con personas cada vez más peligrosas hasta llegar a un punto en el que se dio cuenta de que había destruido toda su adolescencia y juventud.

1

Perturbada infancia

Mis primeros recuerdos se trasladan a mi infancia, cuando no era más que un bebé. En su mayoría reflejan sufrimiento, llanto desconsolado por negligencia, autolesiones con tan solo dos años, ausencia de valoración, risas por parte de mis progenitores…, pero, en todo este caos de sentimientos amargos, hay un recuerdo que, valga la redundancia, no recuerdo con mucha nitidez, en el que experimentaba una sensación de bienestar, en el que sentía una completa y auténtica felicidad, felicidad que sigo buscando y por lo que creo que aún lo quiero.

En esos años, la sensación de bienestar de la que os hablo era tan agradable como efímera, desvaneciéndose al ser conocedora de que el amor no era correspondido; hecho con el que os podréis identificar, aunque en mi caso fue el amor que yo tenía hacia mis padres el que no concordaba con la aversión que ellos sentían hacia mí.

Todo esto que he relatado podría pararme a explicarlo más detalladamente; sin embargo, se trata de remover demasiadas emociones y…, lo siento, tan solo diré que las personas que se encargaron de traerme al mundo eran muy similares a una rosa con un tallo lleno de espinas. Vistos desde el exterior, bellos y tranquilizadores; vistos desde cerca, poseen la poderosa capacidad de desangrarte sin apenas percatarlo.

Más tarde, aún en mi infancia, no sé cómo explicarlo para que lo entendáis, no me gusta dar cosas por hecho, solo que en esta situación no me queda más remedio. Dicho lo anterior, voy a suponer que los lectores conocéis el miedo, la preocupación, la culpa, la inutilidad, el rechazo, la desesperanza y el enfado, y que podéis imaginar, o intentar imaginar, en su defecto, todas esas sensaciones unidas. ¿Difícil de entender? Es difícil, lo sé. Yo, a pesar de que lo intento, tampoco lo termino de comprender.

Esta amargura siempre la he relacionado con una bomba que tiene una cualidad muy peculiar y es que no explota. Bueno, en verdad sí lo hace. No, no sé. Es que, al menos yo, cuando pienso en una persona que ha explotado, se me vienen a la cabeza comportamientos y actuaciones que a mí no me sucedían. No había gritos, no había llanto, no había quejas, no…, no había nada; eso es lo que había: NADA. Había pánico paralizante.

Ahora que me conocéis un poquito mejor, ¿os podéis imaginar qué suponía para mí ir al colegio? Cuanto más intentaban los maestros que fuera como los demás niños, más se acrecentaban mis sentimientos y quedaba paralizada, sin poder hablar, sin poder moverme; solo podía mirar… Para mí, era una auténtica tortura.

En contra de todo pronóstico, como dicen por ahí, sorprendentemente ese nefasto problema, por llamarlo de alguna forma, fue desapareciendo con el tiempo y un día, no sé cómo, me di cuenta de que me había vuelto la chica popular de mi clase. Todos querían jugar conmigo, yo era el centro de atención, era la líder; en clase me sentía guapa, inteligente, poderosa, igual que la protagonista de mi serie favorita.

Quizás haya alguna lectora que crea que era la típica niña inaguantable que, para mantener ese ego, hace uso de su maldad a costa de los más débiles de la clase. Quiero que sepáis que no sois los primeros en pensarlo, tampoco seréis los últimos y no os juzgo por ello. Y es que, cuando a gente cercana le he contado esta pequeña parte de mi historia, así lo han creído. Eso sí, lamento defraudaros, porque la realidad era muy distinta; no era engreída ni orgullosa. Desde que tengo uso de razón, siempre he querido ayudar a personas, a animales, sobre todo, a aquellos que más lo necesitaban, como la princesa de la serie.

Se podría decir que en esa época fui afortunada; ojalá estar siempre así, aunque ya se sabe que nada es para siempre. Sin previo aviso, y por motivos del azar o del destino, quien sabe, mi papel en el colegio sufrió un gran cambio.

2

Felicidad interrumpida

Mi primer examen de inglés, un cuatro. ¿Era tonta? Ahora sé que no.

Se termina el trimestre: inglés: suspenso; conocimiento, suspenso; lengua, suspenso. Académicamente, no eran más que tres suspensos; psicológicamente, para la mente de esta niña pequeña de nueve años, se traducía como un fracaso.

Vuelven esos sentimientos de inutilidad, parecidos a ese miedo del que os he hablado en el capítulo anterior; sin embargo, tiene diferencias, ya que no puedo respirar con normalidad. Por más aire que coja, más aire necesito. ¿Qué hago? ¿Voy a morirme? Necesitaba respirar y me di cuenta de que, viendo la tele, podía volver a respirar como antes.

Los estudios los dejé completamente; mi vida se resumía en ver la tele 24/7. En clase ya no quería ser el centro de atención; la baja autoestima y la inseguridad se apoderaron de mí. Según los profesores, era inteligente, pero muy perra.

Los profesores, los primeros en hablar sin saber, no fueron los únicos; no supongo, pero sí entiendo, que al ser humano le encanta opinar desde la ignorancia, sin tener ni la menor idea de la realidad y así surgen los mitos, los malentendidos. Así podéis destruir la vida de una persona. Luego, vienen los arrepentimientos. Es que, me hace gracia. ¿Pensáis que después de todo el daño provocado con un simple perdón se arregla todo? Yo creo que, en el fondo, sabéis que no, pero así calmáis ese sentimiento aberrante de culpabilidad engañando a vuestro cerebro.

3 DE DICIEMBRE DE 2004

Salgo de clase muy contenta; había salido en el periódico del colegio junto con mi dibujo. Llego a mi casa y salgo corriendo a decírselo a mi hermanastra:

—Doris, ¿a que no sabes qué? —Corro hacia la habitación de Doris—. Doris, mi dibujo ha salido en… —La expresión de mi cara cambia de la sorpresa al horror—. ¡¿Doris?! ¡¡Mamá!!

Gritos, llanto.

—Jun, ¿qué pasa? ¡Voy!

M. J. entra en la habitación y me ve temblando con la cara completamente pálida.

Doris estaba en la cama con su vestido favorito, maquillada, guapísima como siempre; su pelo, su cara y su cabeza llenos de sangre, sus ojos abiertos con una mirada vacía y triste.

Tenía mucho miedo, no entendía qué pasaba. En la mesilla, junto a la lámpara, había una carta que sigo manteniendo escondida.

Su muerte me marcó; hoy en día sigo teniendo pesadillas con aquel día y con lo que vino después. Una persona cercana a la familia ofreció su apoyo desinteresado…, era un hombre que perfectamente podría ser mi padre, amable y simpático, un prepotente que me hacía reír; nadie desconfiaba de su lealtad, nadie lo podría sospechar. Al principio, no me daba cuenta de nada; os puedo decir que me caía muy bien, lo quería mucho y él a mí también, solo que la forma en la que él me quería era muy distinta…

3

Personajes

Antes de continuar con mi historia, voy a hacer un breve paréntesis para que conozcáis a las personas más importantes para mí (tanto para bien como para mal) y también para que me conozcáis un poquito mejor. Sin embargo, no describiré a mi padre, ni a mi madre, ni a ese hombre cercano; me producen demasiada ansiedad y el resto de personajes no son relevantes para que me podáis entender, así que tampoco serán descritos.

Quiero que conste que esta descripción la realizo desde mi punto de vista y que con ello no quiero etiquetar a nadie.

Jun

Comencemos con Doris, la quería como a nadie. Yo la conocí cuando tenía 5 años y ella 16; desde entonces, ya se veía que era muy fuerte e inteligente. Con el tiempo, entre la familia y entre sus amigos se convirtió en la favorita, asertiva, empática y muy perfeccionista; todos querían ser Doris.

Rebeca, por un lado, es una chica que da muy buena impresión, muy simpática y cariñosa; por otro lado es déspota, tiene aires de grandeza y siempre ha querido ser superior al resto. Intenta ir de buenas, pero como así no siempre consigue lo que quiere, sabe perfectamente utilizar su lado más oscuro, pareciendo que le da igual todo si así logra conseguir su objetivo.

Estrella tiene una característica que hace que sea una persona que admiro mucho. Esa característica es que es de las únicas personas que conozco que no juzga cuando le hablas; con ella te sientes escuchada y entendida. También es amable y empática; la lástima es que todas estas características tan favorables, a mi parecer, se deben a su depresión.

A Saim, por desgracia, la ansiedad lo marca muchos días de su vida. Cuando lo conocí, nunca llegué a pensar que se convertiría en el padre que nunca tuve; a pesar de tener mi misma edad, me cuida como si fuera un padre, es muy protector. Por ayudar y proteger a quien quiere, es capaz de todo, y cuando sus seres queridos están mal, siempre sabe sacarle una sonrisa.

Abraham puede reír, pareciendo que todo está bien, cambiando su actitud en cuestión de segundos por el simple hecho de darle un punto de vista sobre cualquier tema del que se esté hablando, incluso, si le pregunto a él, no sabe la respuesta de sus cambios de humor. No obstante, su mirada refleja poder y confianza; en sus ratos buenos es gracioso, empático y, como Saim, protector; mientras que en sus ratos malos es tan calculador que simplemente no es él. Ni a mi peor enemigo le recomendaría que se acerque a Abraham cuando está así.

Jun. Me he dejado para el final y es que, pfff, no sé por dónde empezar. A ver... Si a mí me tuvieran que describir con dos adjetivos, seguramente serían alegre y tímida, aunque yo creo que no son los adjetivos más acertados. No me siento así; me siento peculiar, insegura a la vez que valiente, desconfiada y atrevida. Daría mi vida por salvar a alguien que lo necesite, por mucho daño que me haya hecho; da igual todo, los demás son mi prioridad y, si ellos están bien, yo también lo estaré.

4

Alternativa

El tiempo iba pasando. Para mí, el ir a clase era un infierno y el estar en mi casa, una tortura; mi única ilusión, ver los nuevos capítulos de Las Winx Club. Y es que en clase se reían de mí, y no solo mis compañeros, también lo hacían los maestros. ¿Gracioso o preocupante? En cuanto a estar en mi casa, era un auténtico caos.

Llegó un momento en que ya ni siquiera podía distraerme con la tele. ¿Conocéis ese punto en el que te importa todo pero no sientes nada? Era así como estaba, en una especie de niebla mental en la que no podía discernir entre la realidad y la ciencia ficción. Dejadme que me explique: para poder escapar de todo el dolor por el que estaba pasando, comencé a imaginar historias paralelas a la realidad en las que sí podía ser feliz. Con esto surge un problema más en mi vida, pues empecé a contar esas historias como si fueran reales, ganándome así el apodo entre mis compañeros de mentirosa. Lo que hacía que me hundiera más en mi sufrimiento y, por consiguiente, en mi paranoia. La verdad es que ni sabía por qué me llamaban así.

Mi imaginación cada vez fue a más; hasta podría llegar a decir que tenía dos vidas: una vida en la que casi siempre me encontraba, era fuerte, valiente, feliz, tenía amigos, gente que me quería; la otra vida la resumiría como un apocalipsis interminable.

Me acuerdo de aquellas vacaciones... En el capítulo *Felicidad interrumpida* os hablé un poco de ese amigo de la familia que ni siquiera voy a dignarme a nombrar. Parecía ser tan bueno, solo lo parecía. En esas vacaciones de verano, venía a verme prácticamente diariamente, me compraba todo lo que quería y me daba todos los caprichos. También me decía palabras bonitas llenas de asco, las cuales no voy a reproducir. Esto no fue todo; empezó a echarme la mano por encima del hombro, a acariciarme la cara. A pesar de ello, no me di cuenta hasta que me dijo: «Si tú y yo tuviéramos otra edad, tú serías mía». Menos mal que ese apocalipsis fue perdiendo intensidad, porque de lo contrario, no sé qué sería de mí.

Estaba tan sumamente hundida en el horror que creía no tener a nadie; para mi suerte, estaba equivocada. Es verdad que no tenía amigos, es verdad que en mi madre no podía confiar, es verdad que mi referente tenía unas intenciones ilícitas conmigo, pero tenía familia que, a pesar de que eran raros, me querían y me ayudaron a recuperar algo de autoestima. Comencé a salir con mis primos, con mis primas, fui conociendo a sus amistades; ahí nadie se reía de mí, nadie me criticaba, era guay.

Los días cada vez eran más cortos; se terminaba el verano.

«No, otra vez no; que sea un sueño, que me despierte y de nuevo sea julio», pensaba.

No era un sueño, era real. Y contra la realidad no se puede luchar; al menos, era un centro nuevo, ya iba al instituto; quizás no sea tan malo como antes. ¿De qué me va a servir engañarme?

Primer día de clase: mis queridos compañeros felices de volver a estar con sus amigos. Miraba a mi alrededor; había abrazos y risas.

«Qué feliz reencuentro», pensaba.

Seguí mirando y vi a una chica morena con ojos verdes, tan sola como yo. ¿Quién era? Decidí acercarme a saludarla:

—Hola, soy Jun, encantada.

—Encantada, me llamo Rebeca. Por cierto, me gusta tu nombre.

—Oh, gracias. ¿Eres nueva?

—Sí, mis padres se han divorciado y mi madre se ha venido a este pueblo con su novio —explicó con los ojos vidriosos.

—Lo siento…

—No, no pasa nada. Cuéntame, ¿cómo es esta clase?

—Pues yo no tengo buena relación con los demás.

—Lo presentía. He intentado saludar, pero ni caso. Tú has sido la única que me ha dicho algo. —En su cara se refleja la tristeza.

—¿Nos sentamos juntas?

—¡Sí, claro!

Ya me imaginaba los miles de planes que iba a hacer con mi nueva y única amiga. Entre todas las historias fruto de mis disociaciones, Rebeca se convirtió en mi personaje principal.

Aún me pregunto, después de todo, ¿por qué lo hice?

5

No más injusticias

Mi amiga Rebeca me ayudó a terminar de recuperar mi autoestima perdida; no obstante, seguía siendo muy insegura.

Éramos inseparables, parecíamos hermanas; todo lo hacíamos juntas. Que Rebe quería ir al cine, íbamos las dos; que yo quería ir a la bolera, íbamos las dos. Ambas familias muy contentas; se supone que las dos tuvimos un pasado bastante difícil y, gracias a nuestra amistad, lo habíamos podido dejar atrás.

A las dos nos iban mal las notas; a los dos nos daba igual, teníamos vida, eso es lo que importaba. A pesar de no importarme, es verdad que conforme iba pasando el tiempo, mis notas eran mejores, algo que Rebe no llevaba demasiado bien y yo lo normalizaba. Lo normalizaba, ya que Rebeca tenía un trastorno de aprendizaje, así que suponía que era normal su reacción.

Recuerdo cuando Rebeca empezó a leer y toda la clase empezó a reírse de ella; yo eso no lo podía permitir. Sin embargo, aunque lo intenté, no fui capaz de hablar. ¡Qué sensación más desesperante! Yo sabía lo que era pasar por momentos semejantes; si ella leía mal, era porque tenía dislexia. Esta situación me hizo que me prometiera a mí misma no volver a callarme más ante una injusticia.

Cumplí la promesa, al menos, en lo referente a Rebeca; ante lo más mínimo atacaba como si fuera un tigre. Llegó un punto que creo que algunas de nuestras compañeras me tenían miedo; Rebe también me defendía a mí. Separadas, dos marginadas; unidas, invencibles. Ese era nuestro lema y así caí en su tela de araña.

¿Sabéis? Desde mi punto de vista, todos podemos caer en la manipulación de alguien; en cambio, no todas las personas son útiles para ser manipuladas. En mi caso concreto, sí era útil; había pasado por maltrato infantil, por el suicidio de mi hermanastra, por el abuso de ese familiar y no olvidemos el acoso escolar. A la pequeña Jun no le dio tiempo a comenzar su personalidad cuando se la rompieron.

Rebeca, cada vez más controladora; yo, cada vez más esclava, sintiéndome mal, muy mal, y por primera vez no entendía qué me pasaba. No tenía ninguna explicación lógica en ese momento para sentirme así. ¿Todo iba bien? me preguntaba. Rebe me repetía que sí lo estaba, que no; yo tenía problemas…

Observando mi reflejo en el espejo pienso en situaciones cotidianas, son tan extrañas, ¿no creéis? Ante sucesos sin relevancia hacemos dramas y ante dramas reales lo simplificamos en nada; si a esta conclusión hubiera llegado unos años antes no me habría convertido en la perfecta sumisa, en la perfecta desgraciada.

6

El juego

Lectores, soy consciente de que cuando leáis las palabras que voy a escribir a continuación vais a pensar que tonteaba. Un momento, primero, dejadme que os diga una cosa.

Tú, que me estás leyendo, imagina que vas a merendar una manzana, abres el frigorífico y ves que hay dos; por un lado, hay una manzana roja, brillante, muy bonita; a su lado hay otra con un color amarillento y encima no brilla. La lógica es: la más bonita tiene que estar más buena. Empiezas a merendar, pero está tan mala la manzana que tienes que dejarla y te da por probar la otra. Peor que esta no puede ser, ¿no? Para tu sorpresa, está muy buena y te das cuenta de que las apariencias engañan.

¿Qué quiero decir con la chapa que os he dado? Quiero decir que, tomando como referencia mi experiencia, ni los buenos son tan buenos, ni los malos son tan malos; que poner un calificativo de bueno o malo puede condicionarnos a tener una serie de pensamientos y comportamientos equivocados y, sobre todo, muy injustos.

Ahora sí, os cuento. Teníamos un profesor joven, con unos treinta años, alto, guapo, inteligente y muy gracioso. El profesor (no os voy a decir el nombre porque me parece inapropiado) nos daba tres asignaturas, muchas horas con él. Entre eso y Rebe, en fin, el resultado fue el que algunos de vosotros estáis esperando; aviso ya que sí, y también aviso que en versión muy *light*.

En los recreos, Rebe y yo nos pasábamos la media hora hablando de ese profesor de Biología, Historia y Matemáticas. Tengo que decir que a mí, al principio, ni fu ni fa; en cambio, para Rebe era su amor platónico, su *crush* era alucinante. La timidez de Rebe era tal que le daba tanta vergüenza hablarle que era yo siempre la que lo hacía.

Fueron pasando los meses; cada vez me prestaba más atención, convirtiéndome en su alumna preferida, mis notas con él eran excelentes, conocía sus gustos y no me costaba nada complacerlo; era sencillo. Me llamaba Azucena, decía que era igual de bella que esas flores con una sutil diferencia: yo estaba sola, rodeada de árboles gigantes.

Por ese entonces, Rebe me incitaba a que tuviera una relación más profunda con el profesor, hasta que un día me dijo: «Estás tonteando». Ahí ya me cansé. Era ella la que decía que le hablara, era ella la que me decía lo que tenía que decir, era ella la que me decía cómo mirarle. ¿Cómo ahora me podía decir eso? Lo mejor de todo es que, visto desde fuera, Rebe era la buena y yo la mala.

Unos días después fue la graduación; me pidió perdón y acepté sus disculpas. ¿Cómo no iba a hacerlo? Siempre nos defendíamos mutuamente, era mi niña.

7

R de «repelente»

25 DE JULIO

¡Qué incertidumbre! Las dos estábamos muy nerviosas y es que mañana nos decían si habíamos entrado en Biología.

Esa noche me dormí muy temprano; al despertarme, miré el móvil: me habían cogido. Quería gritar de la alegría, no podía estar más contenta. Le mando un wasap a Rebe, a ella no la habían cogido; como buena amiga, tenía que consolarla. Seguro que la cogerían en otra convocatoria.

Han pasado los días, las semanas, incluso los meses; ya solo quedan unos días para que comiencen las clases y aún no la han cogido. La esperanza se había perdido, por lo que me propone hacer el ciclo de dietética. La quería mucho, sí; también me daba pena. En cambio, esa propuesta no la podía aceptar; estudiar biología era mi ilusión y me alegro tanto de no haberle hecho caso; sin duda, fue la mejor decisión que tomé en mi vida.

Nuestro sueño era vivir juntas, estudiando la misma carrera. Para bien o para mal, nuestro sueño no se iba a hacer realidad. Inicio otra etapa, sin ella. Comienzo a vivir en un piso con tres compañeras, de las cuales tengo que destacar a una, que, a pesar de nuestros roces, me ha ayudado tanto a conocerme, a salir adelante. Su nombre es Estrella.

Me había acostumbrado a estar sin Rebeca, no era tan imprescindible como creía y, cuando menos te lo esperas, ¡boom!, entra en Biología. Para mí, fue la noticia más amarga que podía darme; sentía un nudo en la garganta, me costaba tragar, escuchaba latir el corazón rápidamente, dolor de cabeza, el nerviosismo me recorría por todo el cuerpo; tenía miedo otra vez. Si lo supiera, os prometo que explicaría la causa de mi reacción fisiológica y emocional.

Rebeca consiguió hacer amistades nuevas. También consiguió aislarme: un dos por uno. Su jugada fue maestra; me di cuenta porque una de sus nuevas amistades me tuvo en cuenta:

—Oye, Jun, ¿tú vienes? —me preguntó Sara.

—¿Ir? ¿A dónde? —repliqué.

—Rebe, Ali y yo hemos quedado para ir de pícnic.

—No lo sabía.

—¿No?

—Es que, vamos a ver, Jun no puede venir —dijo Rebe.

—¿Y tú qué sabes? —protesté.

—Jun, tampoco hace falta que te pongas así; últimamente estás insoportable. —Comencé a llorar—. Pero, Jun, ¿qué te pasa?

—No lo sé.

—Pues como no lo sepas tú… —comentó Rebeca.

—¿Cuándo os vais de pícnic?

—El viernes, después de clase —dijo Sara.

—Vale, iré.

—¡Oleee! —exclamó Sara.

Rebe solo se dignó a mirarme con cara de asco.

Ese día, cuando llegué al piso, conté lo ocurrido; necesitaba desahogarme. Luego me arrepentí, pero en el momento me sentí mejor. Las chicas le quitaron importancia y dijeron que no me preocupara, que Rebeca lleva R de «repelente».

8

Tristeza satisfactoria

Fui al pícnic. Para mi estupefacción, Rebeca actuaba como si no hubiera pasado nada entre nosotras. Desconcertada al principio y contenta después, ¿la había recuperado?

Cada vez se volvían más frecuentes sus cambios de actitud conmigo; cambios que venían sin precedentes. Esto, en mí, se tradujo como incertidumbre y tensión. Pensaba que yo era la responsable de que me tratara así; ella me hacía sentir culpable. Entonces, yo buscaba la forma de complacerla, que estuviera bien, que me perdonara, que todo fuera como algún día fue.

Vosotros, si vosotros, los que me estáis leyendo, no me critiquéis como lo hizo Saim cuando se enteró de todo lo que había pasado al lado de Rebeca. Si no habéis pasado por una situación similar, os será tan difícil poneros en mi piel; entiendo que vuestra consideración hacia mi persona y hacia mi actitud sea de desconocimiento. ¿Por qué seguí? La manipulación comienza cuando ya se ha ganado mi confianza, siendo, además, muy sutil.

Llegado un momento, era tal mi dependencia emocional que dejé de dirigir mi vida para dar paso a que fuera dirigida por Rebeca, convirtiéndome en su sumisa; no lo malinterpretéis. Cada día, cada hora, cada minuto que pasaba, me hundía más y más en mi propia miseria. Me acordaba de Doris; ¿era una buena opción? Ya no podía seguir así; o buscaba amistades fuera de su entorno o me consumiría en la desesperanza y el terror.

¿Recordáis a Estrella? Bien, pues me iba demostrando que podía confiar en ella, volviéndose en mi confidente. Obviamente, Rebeca no lo sabía; no me lo podría perdonar. Gracias a Estrella, comencé a salir, a hacer nuevos amigos, amigos de verdad, como es Saim. Me lo pasaba bien; me di cuenta de que me encantaba ser el centro de atención, al igual que cuando era pequeña, al igual que antes del suceso con Doris. Conseguía, incluso, olvidar mis atormentados pensamientos.

Un tiempo después, Rebe volvió, como dice el dicho, con el rabo entre las piernas. Rebeca era de nuevo esa niña frágil que estaba sola en clase y, de nuevo, éramos mejores amigas.

Todo estaba perfecto; tenía a mi Rebeca, a Estrella, a Saim y a todos los demás. En cierta medida, estaba contenta; ojalá estar siempre así pensaba. Ya en el pasado viví una situación similar en la que tuve el mismo deseo y no duró mucho. Recordad que nada es eterno, que la luz que hoy reluce puede apagarse tan velozmente que hasta su precioso brillo se olvida en cuestión de segundos, que ni siquiera el amor de Abraham fue definitivo.

Rebeca no cambió y no cambiará jamás; trabajando lo entendí. Es tan buena actriz, lo reconozco; sin embargo, hoy en día me da hasta pena. Tuvo unos fallos, bueno, mejor llamarlos despistes, que hicieron que la máscara de buena amiga, a la que le puedes contar todo porque va a aconsejarte lo mejor, se le cayera.

Si yo fuera vosotros, le pondría mucha atención a las palabras que voy a redactar a continuación; son muy relevantes para la vida y para lo cual me voy a dirigir a vosotros en segunda persona: tened mucho cuidado en quién confiáis; antes de contarle un secreto, pensadlo muy bien, de lo contrario, es posible que os arruinen la vida. Creedme, el ser humano tiene poder para eso y para más.

9

La hipocresía del sol

Decidí trabajar en una tienda de juguetes, Rebeca decidió trabajar en una tienda de juguetes, ¡qué casualidad! Os vais a reír con lo siguiente: encuentro trabajo en una tienda y les recomiendo a Rebeca; le hacen la entrevista y pasa a ser mi nueva compañera de trabajo.

Trabajando, se produce un cambio radical en mi vida; quizás os interese el título de este capítulo o quizás no, no me importa porque voy a explicarlo igualmente. Para mí, el sol de lejos es calidez, tranquilidad, alegría, nostalgia; en cambio, a medida que me voy acercando, me va provocando ceguera, pasión, tensión e ira. Y cuando termino de acercarme, me desgasta, me quema, me atemoriza, pero es demasiado tarde para huir: lo amo.

Tarde, a finales de otoño, tomando un café en el bar antes de ir al trabajo, voy a pagar y es cuando lo veo. Su voz me transmitía paz, sus ojos me penetraban en el alma. ¿Amor a primera vista? Ni siquiera había hablado con él y sentía que ya formaba parte de mi vida.

Había escuchado su nombre, así que, manos a la obra, como dice Estrella, hicimos equipo de investigación. Cuando Estrella y yo estábamos buscándolo en Instagram, me llega una notificación; me encontró antes de que yo lo encontrara. Inmediatamente lo acepté y comencé a seguirlo también.

La atención de Abraham se convirtió en algo esencial para poder levantarme de la cama. Incluso, cuando digo atención, me refiero simplemente a que subiera una historia y él la viera; no tenía ni que mandarme una reacción ni darle *like,* solo mirarla. Por cierto, sentíos afortunados, sois las primeras personas en conocer lo que os estoy narrando.

Paulatinamente fuimos hablando, conociéndonos, ¡qué fantasía! En el primer capítulo, hablé de un recuerdo en el que tenía unas sensaciones muy bonitas; conseguí volver a sentir todo eso cuando sus brazos cubrían los míos, cuando me hablaba al oído, cuando sus labios… Podía estar abrazada mil horas junto a él; es la mejor sensación que una persona puede percibir, es inefable, lo juro.

En un comienzo, nos veíamos los fines de semana; al tiempo, empezó a recogerme a la salida del trabajo y cada semana me traía un regalo, un detalle. Se lo fui presentando a mis amigos: a Estrella, Saim, etc., dejando para el final a Rebeca. Tenía miedo de su reacción, a la vez que necesitaba su aprobación. Rebe, me quedé con ganas de decirte que he escuchado decir que cuando alguien actúa de forma distinta según la persona con la que se encuentre o según pasa el tiempo, es hipocresía, pero… ¿por qué no pensar que la actitud cambia en base a la confianza?

Según Rebeca, Abraham era un monstruo, o eso me decía al principio, porque después fue cambiando su discurso y claro, era la primera vez que no le hacía ni puto caso; la protección que yo sentía con Abraham era mucho más fuerte que su amistad.

Rebe pasó de decirme que era un monstruo a decirme que era muy mono, que hacíamos muy buena pareja y que seguro nos iba a ir muy bien. Yo también lo creí así…

10

La inconsciencia de la belleza

Cada vez me acuerdo más de Doris. En esta sociedad existe una creencia errónea generalizada que destroza, es como si fuera una regla de tres. Ocurre en todas las edades, aunque yo me centre en la adolescencia y juventud.

Si un adolescente o joven es guapo , tiene buenas notas, trabajo, un grupo de amigos, pareja y una familia, es feliz; para mí, es una tremenda estupidez. Y para vosotros, ¿qué es? Me dirijo en especial a los que estáis de acuerdo con esa afirmación. La ignorancia no es sinónimo de maldad, al menos eso nos dice cualquier diccionario. Sin embargo, decidme: ¿no provoca el mismo daño?

Os comento, mis notas son fabulosas, ¿a que no adivináis para qué sirven? Sirven para que el club de las que se hacían llamar mis amigas se aprovechen tanto como quieran; se juntan conmigo por una única razón: conseguir beneficio.

El club de mis amigas eran Rebe, Sara y Ali: la manipuladora, la chantajista y el perrito faldero. Detallo esto último: Rebe te anula como persona sin darte cuenta; Sara funciona mediante amenazas y Ali es la súbdita de ambas. La pobre se cree que Rebe y Sara son sus amigas; es tan ilusa que, aun sabiendo que se aprovechan, me da lástima.

Terminamos la carrera; dejé de serles útil, se fueron, menos tú, Rebeca, que podías sacarme más beneficio, ¿verdad? Te doy mi más enhorabuena, lo conseguiste. Yo tenía más posibilidades que tú de que me ascendieran en el trabajo, así que hay que cambiar de táctica. Bienvenida, Jun, a luz de gas, debiste pensar.

Llegué a interiorizar que estaba loca; así me lo creía, así me sentía y así actuaba. Estaba tan hundida que era sumamente fácil quitarme el trabajo, quedándose Rebeca con él, y ahora va diciendo que no sabe qué me pasa; me volví la mala del cuento ante los ojos de nuestros conocidos.

Rebeca, espero que nunca se te olvide que yo te he ayudado en todo lo que estaba a mi alcance, una ayuda desinteresada. Jamás te pedí nada a cambio y tú me destrozaste la vida. Aun así, yo no voy a hacerte ningún daño. Eso sí, te advierto: no sigas diciendo cosas que no son; parece que no quieres saber que puedes arrepentirte de cada actuación que has hecho en contra de mí. Asimismo, que sepas que, aunque me supliques disculpas de rodillas, no te voy a perdonar. Eso no quita que te deseé lo mejor, supongo…

Ya veis, las notas y el grupo de amigas de clase lo único que me trajeron fueron desgracias. Por ese entonces, lo único que me salvó de esa toxicidad que me ahogaba fue él, Abraham. Su comprensión era lo que hacía que pudiera disfrutar de la vida y que mi final no fuera tan trágico como el de Doris. Llegado a este punto, os lo voy a confesar: estuve a punto de suicidarme; lo tenía todo planeado. ¿Creéis que mi examiga lo hubiera pasado mal? Yo lo dudo; al contrario, un problema menos para ella. ¿Creéis que alguien lo hubiera entendido? Obviamente que no. Y la pregunta del millón: ¿todavía pensáis que por tener un buen expediente académico y todo lo demás se es feliz?

Bueno, este capítulo se me está haciendo demasiado largo, así que mi amada familia va a tener que esperar al siguiente.

11

Obsesión liberadora

Viendo los tiktoks que me había pasado Estrella, veo uno que me llama especialmente la atención. Esas *red flags* describían casi a la perfección la relación que tenía con Abraham. ¿Cómo va a ser narcisista? Si hasta donde yo sé, esa gente es agresiva, impulsiva. No, no puede ser.

Al día siguiente, al entrar en TikTok, el algoritmo del mismo no tiene una cosa mejor que hacer que atosigarme a vídeos parecidos al que me mandó Estrella. De esta forma, me voy rayando hasta que busco en Google «Trastorno Narcisista de la personalidad».

Bien, pues estoy leyendo páginas web, artículos científicos, etc. Cada vez encuentro más síntomas parecidos a los de Abraham… De solo pensarlo, me dan escalofríos.

Decido contarle a Estrella y Saim. Estrella fue muy objetiva; no me mandó el vídeo con esa intención, dijo, tan solo le pareció interesante. Saim, en cambio, fue muy subjetivo; quería que saliera de esa relación, la tachaba de tóxica, decía que me haría daño.

Yo me hallaba en una obsesión; no podía parar de buscar información sobre ese trastorno de personalidad, tenía mucho miedo. Si él lo era…, tendría que dejarlo ir antes de que fuera demasiado tarde. Finalmente, decidí dar el paso; Saim decía que sería liberador, Estrella que hiciera lo que hiciera estaría a mi lado.

Tonta de mí, antes de hacer nada, se lo dije a algunos de mis familiares. Sus comentarios hirientes, con la finalidad de ayudar, me hicieron llegar a la conclusión de que era una exagerada, que tenía que dejar de darle tantas vueltas a las cosas.

Durante semanas apenas dormía en la noche, hasta que llegó el punto en el que dejé de sentir; nadie notó nada. Llevaba una vida disimulando, ¿por qué ahora alguien iba a darse cuenta de mi ansiedad? Lo único que hacía que ese vacío se llenara era él.

No rompí con Abraham, no pude. Saim se enfadó conmigo, pero ¿qué otra cosa podía hacer?

12

¿Amor, dependencia o lazos de alma?

Estoy escribiendo estas palabras acordándome de ti, escuchando la misma canción que escuchaba cuando empecé a hablar contigo y volviendo a sentir lo mismo que en ese entonces.

No me explico cómo, después de tanto tiempo mis emociones no han cambiado, quiero pensar que se pasarán y en algún momento dejaré de sentirlas.

Era y es tan sumamente fuerte lo que siento por Abraham que en un primer momento pensé que mis sentimientos hacia él eran amor, pasión, odio, desesperación, dependencia, obsesión; en cambio, ahora tengo la certeza de que se trata de lazos de alma. A ver, si con el simple hecho de verlo no me lo podía sacar de la cabeza y el estar junto a él me ha hecho viajar a mi feliz recuerdo, que me producía un bienestar total, tiene lógica, ¿no?

Disculpad, lectores, que no me estoy explicando con suficiente claridad; voy por partes. No sé si habréis escuchado hablar de lazos de alma. Yo os voy a escribir lo que es para mí. Lo que yo entiendo por lazos de alma es el tener una gran conexión con una persona con tan solo verla, transmitiendo una gran tranquilidad; es como si la conocieras desde siempre, como si en otra vida hubierais coincidido, algo que podría llegar a ser peligroso, dicen.

¿Sabéis? Sí, sí es peligroso. Yo con Abraham me he sentido así y, con tal de que no desapareciera ese bienestar supremo, era capaz de todo. No podía permitirme perderlo y si para ello tenía que ir detrás de él, dejarme ser manipulada, dejar que me maltratara, me daba igual; me daba igual hasta morir si lo hacía a su lado.

Cuando nos conocimos, llegué a pensar que existía la perfección; nuestra conexión lo era. Duró poco, las contradicciones, las mentiras y los cambios de actitud se apoderaron de esta relación.

Si me regalaste la luna y me prometiste el paraíso, ¿qué pasó? ¿Por qué me arrancaste de tu vida? Tranquilo, que no te guardo rencor…

Si estás leyendo estas palabras, quiero que sepas que no vivas con miedo, no es sano; pero… te ruego que me dejes que te haga una pregunta que no deja de rondar mi cabeza: si vives con miedo, ¿es porque de verdad debes tenerlo?

No espero obtener respuesta; tampoco voy a negar que a ratos pienso que me volverá a buscar, aunque también pienso que soy demasiado dramática y que me ilusiono por nada.

Sé que no debería; en cambio, no puedo dejar de hacerlo. No puedo dejar de seguirlo en Instagram, en TikTok y mucho menos borrarlo de WhatsApp. Es demasiado doloroso para mi mente; no sé si podría aguantarlo.

No sé ni qué hago contándoos esto a vosotros. Nadie lo sabe.

Si estás detrás de la pantalla, te suplico el favor más grande que alguien podría hacerme en esta vida: no lo vayas contándolo por ahí. No está en mis planes que se entere alguien cercano a mí, ni mucho menos se lo cuentes a ellos dos.

13

A ratos estamos de acuerdo

A día de hoy, Estrella y Saim opinan que Abraham es lo peor que me ha podido pasar; a ratos pienso justo lo mismo, a ratos no puedo estar de acuerdo con esa afirmación.

Yo con él aprendí a vivir; hemos pasado por tantos momentos, tantas anécdotas. Me estoy acordando de una, que risa, os cuento: estábamos en su casa, en su habitación, en su cama; su mirada se fundía con la mía, sus caricias recorrían todo mi cuerpo, sus besos iban bajando cada vez más hasta que llegó… llegó su madre. Joder, qué susto. Se suponía que la casa estaba sola porque sus padres estaban de viaje y ellos no sabían de mi existencia, así que tuvo la gran idea de que me escondiera en el armario. Todo podría haber seguido oculto; la cosa es que me entró la risa floja, esa que por más que quieras no puedes parar de reírte; horrible, de verdad; así fue como conocí a mis exsuegros, sin duda, insuperable.

Abraham, dejé de confiar en ti. Te creíste superior. ¿Sabes qué? Que si de verdad lo hubieras sido, sabrías cada mentira que te he dicho. A veces me siento una cabrona; a lo mejor lo soy, no sé, y es que de tanto mentir se convirtió en mi don, un don que ni siquiera tú pudiste descubrir. ¡Felicítate a ti mismo! Fui la súbdita del mejor, del gran mitómano surgió una nueva mitómana.

Era tal el número de mentiras que podíamos decir por día que nuestra relación en sí se convirtió en una, donde lo único real... iba a decir «nuestro», perdón; lo único real era mi amor, pues sé perfectamente que Abraham jamás me quiso. En este punto de mi vida, a diferencia de en mi niñez, sí podía discernir entre la realidad y nuestros engaños; aun así, estar a su lado era tan especial... Durante mucho tiempo era lo único por lo que podía hacer frente a los días.

No podré olvidar todo lo bueno que viví a su lado, tampoco podré perdonarle todo el dolor que me ha provocado. Ese dolor me convirtió en una persona muy fuerte, tengo que reconocerlo; no obstante, el proceso para ser como soy es tan nefasto que no se lo puedo desear ni a Rebeca. Es un proceso donde el sueño, el hambre, el trabajo, el tiempo libre... donde todo lo que tenga que ver contigo va a estar pautado por ese manipulador. Vas a tener un buen día única y exclusivamente si esa persona decide que así sea.

Después de todo, no entiendo por qué duramos tanto tiempo mal; es absurdo. Llegó un punto en el que le guardaba mucho rencor, mucho asco, mucha rabia; peleábamos por absolutamente todo y nos mirábamos con desprecio. Deduzco que somos una especie de mártires o de masoquistas, llamadlo como prefiráis.

Antes de despedirme de vosotros hasta el próximo capítulo, os voy a contar una cosa: Abraham lo hizo muy mal conmigo; a pesar de ello, mi orgullo básicamente me puso a su nivel.

14

Resumen del resumen

Tengo un dolor de cabeza desde esta mañana que no me deja concentrarme; sospecho que es por lo que me toca escribir en estos momentos.

Os pido perdón, ya que de los sucesos de los que os voy a hablar en breve los resumiré todo lo posible. Y es que os quiero mucho; sin embargo, volver a caer en la apatía por contarlo no me compensa, espero que lo entendáis.

A ver, eh… La decisión de separarnos vamos a dejarlo en que fue conjunta; la verdad, no sé bien qué pasó.

Yo toqué fondo, me encontraba en lo más bajo de un pozo enorme; me negaba a aceptar lo que estaba pasando. Era enfermizo, te terminas volviendo loca porque eres consciente de lo que ha ocurrido, lo que pasa es que no quieres verlo.

Con el paso del tiempo he llegado a la conclusión de que la mente es muy sugestionable y los hechos dejan de ser evidentes cuando vives sugestionado, situación que empeora cuando te encuentras influenciado.

El ser influenciado, según mi entendimiento, tiene una larga lista de características nocivas; os la enumero:

1. Dejas de tener criterio: independientemente de lo que yo pudiera pensar, sobre todo, lo ocurrido con Abraham, el que varias personas de mi alrededor tuvieran otra perspectiva hace, o en este caso hizo, que terminara asumiendo y acogiendo esa otra perspectiva como la realmente válida.

2. El concepto que tienes hacia «algo» sufre un cambio radical fatídico. Por ejemplo, y relacionado con el punto anterior: si a mí día sí y día también me dicen que Abraham no es más que un gilipollas que juega con las tías, terminas pensando que es así. Da igual lo que hayas vivido junto a esa persona, es muy triste, pero ahora eso es lo que vale.

3. Actúas conforme a los demás: el comportamiento hacia el individuo lo van a guiar los individuos de tu alrededor y es que, entre otras cosas, te van a desacreditar si no te comportas como ellos opinan que es lo correcto. Por tanto, si ellos opinan que a Abraham hay que tratarlo con indiferencia, tienes que tratarlo con indiferencia; de lo contrario, serán ellos los que te traten así.

4. Su opinión se la he inculcado yo: ¿cómo?, ¿cómo? Atentos. Tras dejarlo con Abraham, tenía tal cabreo que al llegar a mi casa y estar mis dos primos les conté la historia desde mi subjetividad del enfado, así que conocen los sucesos ocurridos desde una visión sesgada por mis emociones; su parte no la conocían.

Viendo esta lista, os voy a decir algo: antes de dar vuestro punto de vista sobre cualquier persona, asunto, tema, etc., informaos bien. Lo haréis con buena intención; yo ahí no me voy a meter, pero ¿entendéis ahora mejor los problemas que podéis crear?

Mirad, yo con estos primos que digo básicamente no tengo ni tenía relación; nos hablamos cuatro veces al año para felicitar los cumpleaños, la Navidad y poco más. Lo que pasa es que me los encontré allí y estaba tan indignada, cabreada, enfadada que me desahogué con ellos y ya ellos hicieron su propio criterio en base a lo que yo les había dicho.

15

Gracias

Os la he dado tantas veces que ya he perdido la cuenta. Hoy me vais a consentir que os la dé una vez más y que utilice esta forma tan poco convencional para darlas. Gracias, gracias, Estrella, gracias, Saim.

Lectores, es que ellos dos han sido las únicas personas que realmente han estado conmigo. Tenemos una amistad que si nos conocierais seguro que alguno nos envidiaríais sanamente, claro…

Esperad, esperad, que estoy diciendo que eso no existe; tendríais una envidia que os atragantaríais con ella.

Nuestra locura hace que seamos un trío estupendo, eso sí, muy peculiar: una rarita, un ansioso y una depresiva. Parece un chiste, parece gracioso; en cambio, no lo es, es una pena.

Bueno, volviendo a lo que he dicho anteriormente, de que son los únicos que han estado ahí siempre, es un hecho con ciertos matices, sobre todo, si me centro en Saim, puesto que una cosa es estar y otra sentirse comprendido. Saim y yo realmente tenemos muchas similitudes, tantas que nos hace ser completamente diferentes. Fruto de esas diferencias, ante una misma situación, diferimos, lo que termina en peleas; peleas que a veces, aunque me jodan, tienen la razón.

La última pelea fue por lo que me dijo acerca de Abraham. No podía creerlo; le dije que eso no podía ser así, me negaba a aceptarlo. A ver, lo que me contó era inverosímil: ¿en qué cabeza cabe que, a la vez que estaba conmigo, con esa apariencia de chico bueno y sano, se drogaba y hablaba con otra? No, claro que no podía ser; Saim me lo decía solo para que lo olvidara.

Os dejo por aquí la conversación, a ver qué opináis:

—Jun, te tengo que contar una cosa sobre el cerdo de Abraham —dijo Saim.

—No hables así de él, por favor.

—Cuando te cuente esto, vas a dejar de defenderlo.

—¿Qué?

—¿Te acuerdas de su mejor amiga?

—Sí, claro, ¿qué pasa con ella?

—Son novios.

—¿Qué? —pregunté atónita.

—Abraham está liado con esa tía desde hace tela, de eso estoy seguro, y ahora parece que tienen una relación formal.

—¿Qué dices? No me lo creo —respondí, sorprendida y enfadada.

—Jun, sí —confirmó él, indignado—. Pregúntale a quien quieras. Todos lo saben, incluso Estrella.

—No te creo.

—Créeme, no te voy a engañar con esto.

—No, es que no puede ser —dije con tristeza.

—Y no es lo único. Tú siempre desconfiaste de él con respecto a los porros y demás. Hacías bien.

—¿Ahora me vas a decir que también fuma porros?

—Sí.

Lo que hubiera dado porque todo fuera mentira... Pero no, no lo era. ¡El cabronazo! A la vez que a mí me contaba sus supuestos problemas, me estaba poniendo los cuernos con ella. Recuerdo cuando me la presentó como su mejor amiga; se le olvidó decir que, aparte de su mejor amiga, era su *follamiga*.

Me encantaría saber si ella tiene conocimiento de todo esto o no, quiero decir, si, al igual que yo, desconocía lo que Abraham hacía con las dos y, por tanto, no éramos más que dos fichas de su partida.

16

Buscándote en mi perdición

Decidimos quedar en el paseo marítimo. El reencuentro fue bonito; nada más vernos, me cogió en brazos. Los dos estábamos emocionados.

Os hablo de Abraham.

Le pregunté por la chica esa, por su supuesta amiga; me dijo que sí, que se había liado con ella, asegurándome que ocurrió posteriormente a nosotros dejarlo y que ya no tenía ninguna relación, además de que lo único que hubo entre los dos fue sexo, nada más.

Quedamos al día siguiente; ahí ya tenía la certeza de que nada sería igual. No sentía absolutamente nada, y por si no fuera poco, empezamos a echarnos cosas en cara. Yo fui la que empecé; él, simplemente, me siguió, para qué mentir.

Abraham vino a mi casa, mis padres lo conocieron y nos dijeron de cenar en mi pueblo; a nosotros nos pareció bien. Esa noche salimos juntos de mi casa; sin embargo, con la excusa de que era la primera vez que

Abraham venía al pueblo, le dije a mis padres que fueran yendo al restaurante, que yo le iba a enseñar el pueblo.

Nos fuimos a una zona donde no suele haber nadie y ahí empezamos a besarnos, cada vez con más intensidad; necesitaba sentir paz, esa paz que llegué a revivir con él, pero no, ya no sentía nada. En esos momentos apareció una niña; hasta me supuso un alivio. Y, nada, decidimos ir para el restaurante.

El cerebro humano es extraordinario. Ante una circunstancia ambigua, por regla general, no se va a comprobar qué está sucediendo para llegar a una conclusión lo más veraz posible. Se requiere de demasiado tiempo y energía, no es rentable; encima, se corre el riesgo de que los resultados no sean los esperados. Es por esto que nuestro intelecto es más inteligente o estúpido, según lo mires; pero bueno, esa no es la cuestión. La cosa es que nos va a mostrar solo lo que queremos ver, engañándonos, haciéndonos felices o, al menos, no tan desgraciados mientras confiamos en la sinceridad de esa ficción.

Partiendo de esta base, tengo que admitir que mi gran error fue intentar buscar esas emociones tan idílicas en lo que estaba destinado al fracaso; o más bien, mi gran error fue creer que era cierto.

Podría dejar este capítulo como el capítulo inédito, pero pudiendo tener dos, ¿por qué lo voy a dejar en uno? Hay otro suceso, otro reencuentro que sucede casi al mismo tiempo que el de Abraham, siendo el reencuentro con Abraham bastante *light* si lo comparamos con ese otro.

Os garantizo que la semana que viene comprenderéis la paranoia.

17

Menos que un sueño

Yendo de camino a mi piso, como tenía prisa, tomo un bus para llegar más rápido. Subo, paso la tarjeta, voy a sentarme y cruzamos nuestras miradas. Tras medio año sin vernos y sin saber absolutamente nada una de la otra, allí estaba Rebeca con sus nuevas amigas.

Rebeca inicia con las demás un bombardeo de comentarios llenos de odio hacia mí, de lo mal que me había portado con ella, de cómo la había utilizado, etc. Os deleito algunas de sus palabras literales: es una envidiosa, después de toda una vida siendo amigas me deja de lado porque yo conseguí un mejor trabajo, en vez de alegrarse por mí como haría una amiga... Y es que, claro, como yo ya no podía sustentar esos aires de grandeza...

No podía seguir escuchándola, me estaba tocando demasiado la moral, por lo que intervine:

—¿Qué dices? ¿Tú te oyes? Eso no fue así —le dije.

—Ah, ¿no? Venga, di. ¿Qué ha pasado?

—Me hiciste la vida imposible en el trabajo —dije mientras se me saltaban las lágrimas—. Ibas por ahí inventando cosas mías y de los compañeros; me decías mentiras, ¡me pusiste en contra de todo el mundo!

—¿Qué? Yo no dije nada de ti a nadie; yo te estaba intentando ayudar.

—¿Cómo? —pregunté cabreada.

—Si estaba hablando con mi madre para ver si te podías quedar en mi casa y así no tuvieras que coger el coche todos los días para trabajar.

—Pero tú ibas criticando a los demás… —le dije, confundida.

—¿Y crees que ya no lo hago?

—Te he visto subir fotos con ellas.

—No me queda más remedio.

—No entiendo nada ahora mismo.

—Podemos volver a hablar, si quieres, claro; no te digo que seamos amigas después de todo lo que ha pasado, pero sí tener cierta relación.

—¿Sigues llamándote igual en Instagram?

—Sííí.

Todo lo que viví parecía mentira; era una situación extraña y bonita. ¿Cómo no lo iba a ser? Desde que comencé a escribir *Buscándote en mi perdición*, todo era fruto de mi subconsciente. Os advertí que hoy entenderíais de lo que hablaba, pues os he hablado de un sueño largo, profundo y extraño que tuve hace unos días.

Echo de menos tanto a Abraham como a Rebeca que, aunque yo en el día a día intente evitar pensar en ambos, mi inconsciente sigue divagando.

Todo pasa por algo; este sueño estrambótico me ha dado una gran lección: evitar el problema no lo soluciona; al contrario, lo empeora.

18

El comienzo del análisis

Queridos lectores, sois ya muchos, os lo agradezco.

Después de diecisiete capítulos compartidos con ustedes, los he releído y he tomado una decisión: antes de seguir narrando los acontecimientos de mi ajetreada y peculiar vida, voy a ir analizando cada uno de ellos. ¿Mi objetivo? Es doble: asertividad y término medio entre empatía y ecpatía o autodefensa emocional (ya que la empatía sin límites es igual a cavar tu propia tumba).

AVISO IMPORTANTE: aunque haya diversas personas que puedan formar parte de cada uno de «los ámbitos» que yo voy a tratar a continuación, me voy a centrar única y exclusivamente en mi vida, por tanto, hay individuos que van a quedar excluidos.

Comienzo con los responsables de nuestra educación. Por un lado, situaré a los padres; padres, madres, pensar que tu hijo cuando es solo un infante no se entera prácticamente de nada es usual, pero ¿es así? Antes de que sigáis leyendo, esperad, os invito a hacer un ejercicio de introspección, aunque si no os apetece, saltaros lo que queda de párrafo. Ahora sí, los que seguís por aquí, recordad cuando erais pequeños. Sé que es difícil, pero no te rindas, intenta llegar a los primeros pensamientos, sentimientos o emociones, esos que aún siguen guardándose en tu subconsciente. ¿Lo estás recordando? Bien. ¿Son buenos? ¿Son malos? ¿Cómo son? ¿Por qué son así? ¿Están influidos por algo? ¿Por alguien? Quizás, ¿por una situación? ¿Piensas que te han afectado? ¿Para bien o para mal? Tu entorno familiar, social, escolar, el de tus primeros años, ¿tiene o no tiene relevancia?

Los niños entienden mucho más de lo que se puede llegar a pensar. El apego del ser humano se comienza a formar en los primeros meses. Lo que tú como padre o madre haces puede tener repercusiones a muy largo plazo. En mi caso fueron negativas y aún las sigo sufriendo, No me gustaría que se repita la historia.

Pasemos ahora al sistema educativo, a los maestros y a las maestras. Cuando era pequeña, ellos y ellas eran unos referentes para mí y el poder de sus palabras era suficiente para hacerme sentir una basura. Tengo la convicción de que a muchos más les ha pasado algo similar. La ignorancia manifestada por los docentes es transformada por ellos mismos en arpones ardiendo directos a quien menos culpa tiene, a la víctima, a la víctima de *bullying,* a la víctima de un trastorno de aprendizaje, a la víctima de maltrato infantil, etc.

A mí, ciertas maestras me quitaron las ganas de ir al colegio. Me podía inventar cualquier excusa para no ir; se había muerto mi hermana, ¡necesitaba comprensión, cariño, ayuda! Que no lo supierais no os daba el derecho a tener esa nefasta actitud conmigo. Ningún alumno merece un trato así. Igual si en vez de hablar sin saber os hubierais molestado en preguntarme qué me pasaba, me hubierais entendido. Y ahora digo yo, ¿cómo es enterarte después de tantos años de la causa? ¿Cómo te encuentras? ¿Sientes remordimiento? No seré yo la que os califique.

19

Contrastación

En el capítulo anterior, muy positiva que se diga no fui. Me centré en el lado más negativo de esos responsables de la educación, pero no todo es malo, dejad que os cuente.

Casi todas las noches, antes de irme a dormir, creo escenarios en mi mente (parecidos a esas historias que inventaban en mi infancia), escenarios que me transmiten serenidad, felicidad, donde me siento protegida, donde sé que nada malo me puede pasar. Algo que siempre he añorado, algo de lo cual vagamente tengo recuerdos.

Lo que daría por haber tenido unos padres que, cuando me despertara nerviosa en la madrugada por una pesadilla, me abrazaran y me susurraran: «Tranquila, estamos contigo, todo está bien». Porque sí, cuando la ansiedad me está comiendo viva, que con una voz suave me digan «tranquila», me transmite tranquilidad y, por tanto, me tranquiliza.

Todo esto que os estoy redactando lo comparo a un gato feliz: cuando lo acaricias, cuando comienza a ronronear, cuando te amasa suavemente. Dicen que es un comportamiento aprendido de cuando son unos cachorros. Es lógico, tienen a sus madres que los protegen. Ojalá haber tenido yo esa suerte, aunque si lo pensamos bien, no es suerte, es lo que debería ser, es lo que cualquier bebé debería tener. Que menos que sentirse seguro con tus padres (para todos aquellos que no tengáis gatos, quizás os sea difícil de entender. El inconveniente es que no sé explicarlo de otra forma, perdón).

Al menos sí tuve una hermana que me quería de la forma más sana que he conocido nunca. Ella hacía que olvidara todos los miedos e inseguridades que podía tener una niña, que es lo que yo era en ese entonces. Con ella no tenía que soñar despierta para sentirme bien.

Asimismo, era una realidad que hubo maestros que confiaron en mí sin apenas conocerme, que entendían que no participara en clase, que no me obligaban a hablar en contra de mi voluntad y, lo más importante, que no me juzgaron. ¿Os acordáis que mis notas fueron mejorando poco a poco? Pues bien, en gran parte se debieron a un par de docentes, los cuales le dieron la vuelta a la profecía autocumplida que se me había inculcado desde el suicidio de Doris.

La profecía autocumplida es un fenómeno que tiene un gran ímpetu en el receptor y más si el receptor es un niño. Si es una niña, tengo que destacar que esa fuerza puede ser devastadora, pero también maravillosa. Una vez más me expongo de ejemplo para que se entienda de lo que estoy hablando: de mí decían que era muy perra, ¿no? Pues, queridos docentes, me convertisteis en la niña más vaga de todo el colegio. Sin embargo, dos personas empezaron a creer en mí y, por ende, yo comencé a creer en mí, pasando de ser una «vaga» académicamente hablando a la chica más «aplicada».

Y con esto, dejo el tema cerrado. En las siguientes semanas os hablaré de otros asuntos que igualmente han marcado mi corta vida.

20

No estar mal sin estar bien

Lectores, ¿sabéis qué es estar en *stand-by?* Estar en *stand-by* es ver los segundos pasar, los minutos, las horas y seguir ahí, mirando al infinito sin hacer nada. Es como estar dormido estando despierto, es no estar bien, aunque tampoco mal. Es extraño. El nombre científico lo desconozco. Para que me entendáis, os voy a poner tres ejemplos, pues la forma que me es más fácil de explicar lo que me ocurre es a través de la conducción y no todos tienen o tenéis carné de conducir, así como sucede con las redes sociales, etc. Y no quiero que estos factores sean un impedimento para poder comprenderlo.

Comencemos. Imagina lo siguiente:

Opción A: abres los ojos y estás sentado en un coche, eres su conductor, vas circulando y entras en una autovía. Comienzas a acelerar: 100, 115, 130, 140. A unos pocos metros ves cómo alguien viene del carril de aceleración. También ves cómo otro conductor le está facilitando la entrada. Si sigues a esa velocidad, vas a colisionar. Te da igual, tú sigues. No puedes sentir, no puedes pensar, no puedes escuchar. No vas solo en el coche. Hace rato que te están diciendo que no corras tanto, te están gritando y es entonces cuando reaccionas. Estás a salvo, no ha pasado nada. Lo más curioso es que, después de lo sucedido, ni nervioso te encuentras.

Opción B: abres los ojos y estás sentado en el sofá de tu casa, son las cuatro de la tarde, acabas de almorzar. Coges el móvil, solo un rato. Tienes mañana un examen, tienes que estudiar. Entras en Instagram, comienzas viendo las historias, vas pasándolas. No le has contestado a sus WhatsApp. Decides seguir mirando historias, después le contestas. Cada vez las pasas más rápido, dejas de ver, solo pasas. «Qué aburrimiento», piensas. Entras en TikTok, el vídeo es demasiado largo. Siguiente vídeo, tampoco lo terminas, pasas al siguiente. Terminas deslizando compulsivamente, miras la hora y son más de las seis. Han pasado dos horas, no lo puedes creer, se ha pasado media tarde y no has estudiado. No te va a dar tiempo y es como: «Pues vale».

Opción C: abres los ojos y vas caminando por la calle, miras la hora, son las ocho. Te diriges hacia el trabajo, la universidad, el instituto o hacia donde tú quieras. Vas a cruzar la calle, está el semáforo rojo, hay que esperar a que se ponga verde. Pasan unos minutos, ya está verde, procedes a cruzar. De repente has llegado a tu destino y no recuerdas absolutamente nada del camino. Es como si te hubieses teletransportado.

Con esta larga y tediosa reflexión intento entender qué me ocurre, porque soy como soy.

La mayoría de personas cercanas a mí me han tratado como si fuera una hipocondriaca. Hoy en día es una palabra que se usa muy a la ligera. Todos esos que lo usáis frecuentemente, ¿conocéis el significado de ese vocablo? ¿Conocéis a alguien que lo sufra? ¿Conocéis qué es sufrirlo?

Me vais a disculpar, pero pienso que es una gran putada para quien realmente tiene hipocondría, ya que le quitáis toda importancia. Y también es una gran putada para aquellas personas que realmente tienen un trastorno/enfermedad y os encargáis de etiquetarles con hipocondriaco. En serio, me da vergüenza. Si los que me estáis leyendo no hacéis este tipo de atribución, no he dicho nada.

Como veis, en este capítulo finalmente no he seguido la cronología que se esperaba. Tenía la necesidad de hablar como me encuentro en estos momentos, la próxima semana si seguiré.

Perdón por las molestias y gracias.

21

Compañeros de clase

Compañeros de clase, hoy os toca a vosotros.

Que una niña mienta más que habla es curioso, aparte de ser una razón perfecta para criticarla, para no querer juntarse con ella y para tratarla mal. Vale, os entiendo, para vosotros mentir moralmente es incorrecto, pero ¿y quién me entendía a mí?

No había terminado de superar un trauma cuando llegó otro; es decir, la negligencia de mis padres y la muerte de mi hermana, demasiado doloroso para una niña. Ni siquiera los adultos de mi alrededor pudieron superar lo de Doris, ¿cómo yo le iba a hacer frente?

En un intento por sobrevivir, mi mente debió ver conveniente escapar de la verdad mediante la disociación, la ensoñación, escenarios ficticios que me hacían muy feliz.

Ahora que lo pienso, ¿quizás es por esta gran imaginación que tengo que llevo escrito tanto? ¿Quizás nada es real? ¿Son solo delirios? Espero que no.

Antiguos compañeros, si en el presente sois lectores, yo con esto que estoy relatando no quiero que os sintáis mal. Vosotros erais también niños incapaces de entender y de darle una explicación racional y comprensible del porqué os engañaba.

No obstante, sí que considero que vuestro comportamiento era de acoso, entre comillas. Imagino que recordaréis que me dejasteis aislada, sola; era tratada como un bicho raro y malo. Esto a mí me hizo mucho daño y me ha dejado terribles secuelas; la principal es el desmesurado pavor que tengo a que me dejen. Pavor que me ha hecho vivir relaciones muy tóxicas y, aun sabiéndolo, me he negado a salir de ellas.

De vez en cuando pienso que demasiado bien estoy: maltrato infantil, fracaso escolar, *bullying*, violencia de amistad, pareja tóxica…

Este capítulo va a ser más corto, no voy a comenzar a hablar de las amistades porque es un tema muy amplio y complejo, así que mejor dejarlo para la siguiente semana.

22

La complejidad de las relaciones

Se supone que estoy estudiando; la cuestión es que no me apetece, así que aquí estoy escribiendo para vosotros. Tengo una sensación de malestar, malestar debido a estas fechas, malestar debido a la Navidad. Puede que para vosotros sean fechas maravillosas, pero para mí, sin duda, son catastróficas. Este malestar me quita las ganas de todo, incluso las de redactar. La razón del porqué lo estoy haciendo es porque mi cabeza no para de reproducir millones de pensamientos en bucle y, para que queden en mi mente todos apelotonados, generándome cada vez peores sensaciones, prefiero compartirlos.

Las relaciones interpersonales son tan complicadas… ¿Estáis de acuerdo?

Si tener relaciones sanas es difícil para cualquiera, para mí el grado de dificultad se multiplica por tres. ¿Por qué? Porque desde el momento en que nací, mi contexto era de toxicidad; porque cuando crecí, me uní a quienes más daño me hacían.

El refuerzo intermitente es una droga. Mi síndrome de abstinencia comenzó con la ley del hielo; su silencio me atormentaba. Lo bueno es que su duración fue breve y enseguida llegó el *love bombing*. La siguiente vez, su cambio de actitud ya no fue algo tan simple; comenzó la humillación, cuya duración fue más larga. Luego llegaron las críticas a mis gustos, a mis creencias, a lo que hacía o dejaba de hacer; menosprecios de mis logros, celos, hasta convertirme en una adicta, insegura y sumisa.

Antes de hablar de cualquier tema con ella, estudiaba qué podía decir y qué no. Tenía miedo de su reacción; si decía algo erróneo, las consecuencias podían ser devastadoras. Conforme iba pasando el tiempo, me era más difícil acertar, hasta convertirse en imposible. Ansiaba que todo estuviera bien y no sabía qué hacer, no estaba en mis manos; anulada como persona, el títere ideal de cualquier manipulador.

En un principio, no me daba cuenta; es más, me sentía responsable de lo que estaba sucediendo. Después, comencé a ser consciente de que no dependía tanto de mí, aun así, me sentía culpable y quería ser su salvadora. Luego, empecé a abrir los ojos: Rebeca me estaba destruyendo. No obstante, ahí seguía, sin permitir que nadie me dijera que me hacía mal; finalmente, con una profunda tristeza, fui capaz de alejarme.

Se habla mucho de violencia de género, de violencia vicaria, pero ¿quién habla de violencia de amistad? Yo lo he vivido, es desgarrador, deja unas huellas demasiado profundas. Tengo miedo de entablar relaciones, tengo miedo de volver a pasar por una situación así. ¿Es normal?

23

Esta vez sí es verdad

En una ocasión os hablé de un sueño, de una pesadilla en la que Rebeca era la protagonista. Lo que vais a leer a continuación, para bien o para mal, no es un sueño; son hechos reales.

Hace poco volví a tener señales de Rebeca; me han enseñado unas fotos de ella con sus amigas. Se le ve bien, se le ve alegre… En algunos capítulos anteriores os dije que no le guardaba rencor; ahora, en cambio, lo dudo. No me gusta verla bien; espero que el karma realmente exista y equilibre, pues así se le borraría esa sonrisa que tiene en su cara de falsa.

Va a ser que no te deseo lo mejor, Rebe.

Pasaban los días y no se me quitaba de la cabeza qué clase de personas podían ser sus amigas. Había dos opciones: la primera, que fueran unas víctimas más de su maldad; la segunda, que fueran iguales de malas que ella. Pensamiento cada vez más recurrente, no podía quitármelo de la cabeza, no me dejaba pensar con claridad, no me dejaba dormir. Así que comencé a buscar una por una en Instagram; a más de una no la encontraba. Qué raro, pensé, y es que me tienen bloqueada. Interesante.

Soy una persona que sobrepiensa, que imagina escenarios en su cabeza; me monto unas paranoias flipantes, paranoias que no son negativas del todo, ya que me ayudan a conseguir lo que quiero. Hay que tener cuidado.

Si me tienen bloqueada, algo tienen que esconder o temer; me encanta. Nunca van a aceptar una solicitud de seguimiento de alguien que al menos parezca que tiene relación con Jun. En cambio, con una cuenta que no tiene nada que ver conmigo, con una cuenta que le siguen miles de personas, con una cuenta que parece divertida, están a salvo. ¿Por qué no van a aceptarla? Guau, sería muy buena detective.

Eso es lo que hice: las seguí con una cuenta secundaria y, efectivamente, me aceptaron un par de ellas. Me sirve; las puedo vigilar desde dentro. No debería haberlo hecho. Me siento como si estuviera loca. Aunque tampoco es para tanto, ¿no? Que me busquen a ver si me encuentran y que me bloqueen, sin más.

Uy, estoy empezando a divagar de nuevo. Perdón. Entre esas amigas de Rebeca hay de todo; algunas chicas se notan que son buenas. Lo siento por ellas, va a ser muy difícil salir de ahí. Sé de lo que os hablo. Otras, en cambio, me transmiten las mismas vibras que ella.

Por cierto, ¿queréis saber cuál es mi cuenta secundaria?

24

Vida estancada

Mariam. Mariam es un nombre que me ha gustado desde pequeña, nombre de mi cuenta secundaria, cuenta que también usé para ver qué era de Abraham y de su actual pareja. Sigue pasando el tiempo y lo sigo teniendo tan presente; el querer saber sobre él no ayuda. No hace falta que me lo digáis, pero ¿sabéis? Al menos, me calma.

Tengo que decir que, durante la relación, cuando estábamos juntos, me sentía completamente llena; lo quería como a nadie. En cambio, cuando no lo estábamos, me sentía vacía, muy insegura e inestable. Tenía pánico de que me dejara; necesitaba saber qué hacía, dónde estaba y con quién. Muy tóxica, ¿verdad? No ha sido decisión mía ser así, tener tantos miedos. Vivir en una incertidumbre constante es fatídico; mis cogniciones y mis conductas no eran más que resultado de un cerebro enfermo. Sabía que no estaba bien, así que, por mucho que quisiera buscarlo para que me dijera que me quería y que todo estaba ok, me aguantaba la mayoría de las veces. Gritaba, lloraba, todo por no hablarle. No quería ser una pesada; si lo era, sí que iba a dejarme.

El hecho de cortar me hizo pensar que no iba a volver a tener pareja, que me iba a quedar sola y hoy en día lo retroalimento. Socializar con un chico me supone mucho esfuerzo; es demasiado cansado. ¿Para qué intentarlo? Sola estoy bien; si sufro, la única responsable soy yo. Nadie más me puede hacer daño y, de paso, yo tampoco lo hago.

Partiendo de este último párrafo, quiero decir que la mayoría de las personas son malas por naturaleza. Solo tenemos que fijarnos en los niños de un colegio; cuando alguno de ellos o ellas presenta una pequeña diferencia, por muy sutil que sea, ya es objeto de burla para los demás. Por otro lado, el relacionarse con los demás, y más en pareja, consta de una responsabilidad que no siempre tengo ganas de asumir. Simplemente el entablar una conversación es una cuestión compleja; no es fácil acertar, al contrario, lo sencillo es cometer cientos de errores, los cuales me hacen sentir como una mierda. Por mi culpa, alguien está mal y, como tiendo a repetir los mismos patrones de comportamiento, no hay avance en mi vida.

25

Montar el puzle

En su inicio, el escribir tenía el objetivo de proporcionarme tranquilidad, calma, conocerme mejor, superar el trauma. Lo he ido transformando hasta el punto de convertir mi vida en un libro; soy capaz de detallar casi a la perfección cada faceta de mi corta existencia, aunque, para ello, es verdad que tengo que pensar una y otra vez en mi pasado. Pues, según en el momento en el que me encuentro, hay hechos que no soy capaz de recordar con nitidez. Mi vida ha sido tan horrible que mi mente no deja que me acuerde de todo a la vez; mi organismo no lo aguantaría. Os pido disculpas, me gustaría poder contar mi vida de una vez, sin saltos temporales, sin volver una y otra vez al pasado. ¿Qué le vamos a hacer? No puedo, ya vosotros montáis el puzle como podáis. Es decir, ir uniendo los capítulos cronológicamente no es que sea un trabajo muy difícil, al menos, en comparación a lo que a mí me supone contaros lo que os cuento. Y es así como aquello que tenía una función terapéutica ahora tiene como función alimentar vuestro morbo.

Semana tras semana, me conocéis algo más; no implica que me conozcáis mejor, solo conocéis el fruto de mi mente atormentada. ¿Entendéis lo que digo?

Una parte de la naranja está podrida, la otra parte no se le ve mal. Lo podemos cortar por la mitad y, de esta manera, tendremos dos trozos: uno con una apariencia de desagrado y otro con una apariencia reluciente. Pero ojo, esa parte reluciente está contaminada; que se vea bien no significa que lo esté.

Es esto lo que pasa con mi cerebro después de tantos momentos en los que he tenido que luchar por la supervivencia. Aunque parezca que estoy mejor, jamás estaré bien; toda mi cabeza está contaminada y, por tanto, nada de lo que hago, nada de lo que digo, nada de lo que pienso y nada de lo que conocéis está libre de sesgos paranoicos.

¿Sabéis qué estáis leyendo? Alteraciones de la realidad al gusto de mi subconsciente. ¿Sabéis por qué? Porque la gente que me rodea se empeñó en destruir la vida de una niña frágil e inocente. ¿Conocéis la razón? Yo no la conozco; escapa de mi intelecto cómo un ser humano puede avasallar a otro humano sin ninguna explicación más que alimentar su ego.

Estas preguntas las voy a coger como referencia para otro tema, el cual también voy a iniciarlo con otra interrogación: ¿por qué os complicáis tanto? No olvidéis que no tiene nada que ver con vosotros; es una pregunta al aire y no os tenéis por qué identificar. Es más, mejor que no lo hagáis… Al pedir consejo, al pedir ayuda porque no sé qué hacer y literalmente necesito que alguien me oriente, lo único que consigo es que me ignoren. Cuando no pido consejo, consigo lo contrario. ¿Una sugerencia? Si no te piden opinión, no la des. No me importa lo que tú hubieras hecho en mi lugar, no me importa si tú, con mi edad, trabajabas; no me importa qué piensas sobre lo que me ha pasado. No eres absolutamente nadie relevante para recomendarme nada; no eres más que un fracasado que, cuando alguien te pide ayuda, se la deniegas y cuando ni te dicen hola, entregas una visión de tu vida imperfecta creyendo ser la única verdadera. Y aquí tengo que meter a mis primos, a Saim y, por supuesto, a Rebeca.

26

Serlo sabiéndolo

El siguiente párrafo es muy importante para mi existencia y no vas a tardar más de diez segundos en leerlo, te lo prometo.

Odio que os acerquéis a mí añorando que me queráis. Cuando alguien se acerca a mí, necesito que se vaya, que desaparezca; cuando se marcha, siento un gran vacío, siento que se está haciendo real mi peor pesadilla: quedarme sola. En cambio, sigo sin permitir que alguien esté cerca de mí.

Con un ejemplo se va a entender mucho mejor: si mis amigos me dicen de quedar, me comienzo a agobiar, a sentir presión corporal y, velozmente, mi imaginación se inventa una excusa para no salir. Que nunca pueda quedar cansa, ¿verdad, Saim? Llegando al punto en el que quedan sin decirme nada, es ahí cuando siento que nadie me quiere, que estoy sola y que la vida no tiene ningún sentido.

Puedo llegar a hacer demasiado daño; no sé querer sin dañar y es que muchos de los que se acercan, los termino destruyendo. Aunque, a decir verdad, muchos ya llegaron bastante mal cuando se acercaron. Puede que si sus actitudes hubieran sido distintas, yo no hubiera actuado de esas formas. Sin embargo, no voy a justificarme; sé que no está bien lo que hago, sé que no tengo relaciones sanas, sé que la flor más bella la puedo marchitar con tan solo tocarla. La incógnita es que no sé cómo parar; si alguien tiene la respuesta a mi incógnita, que me ilustre.

Mis relaciones se basan en mi gran principio: la obsesión. Me obsesiono con algo, con alguien, y hago hasta lo imposible por conseguirlo, para más tarde cansarme y obligarlo a que se vaya. Se trata de un periodo con diversas etapas, muy desgastantes y estresantes, de las cuales las dos primeras que os voy a comentar siguen una línea sucesiva y además ocurren siempre, mientras que las dos siguientes son excluyentes, esto es, si ocurre una, no va a ocurrir la siguiente.

Etapas:

Búsqueda patológica: en ella tengo pensamientos recurrentes y enfermizos sobre la meta que ansío conseguir, pero claro, esto desde fuera no puede ser visible.

Lo visible es mi entusiasmo y mi aparente felicidad por llegar al objetivo.

La segunda fase, falacia de la victoria: es en la que he conseguido lo que tanto deseaba. Si lo que deseaba es una cosa, como por ejemplo un anillo, aquí se frenaría mi obsesión; por el contrario, si lo que deseaba estaba relacionado con alguien, como puede ser la amistad de un individuo, actúo como una persona «normal»: soy amable, empática, una buena amiga. ¿Qué tiene de malo? Que lenta y progresivamente la amabilidad se convierte en narcisismo y la empatía en control, pudiendo ocurrir dos alternativas.

Alternativa 1: la paranoia suprema. En el supuesto de llegar hasta aquí, entiendo que tengo pavor a perder a ese individuo que tanto trabajo me ha costado lograr; simplemente no puedo dejar que se marche y, para ello, una gran variedad de actuaciones es correcta si me supone no perderlo.

Alternativa 2: contacto con la realidad. Sé cómo soy y, como no quiero hacer daño a nadie, antes de que nada llegue a algo, me alejo de repente: el famoso *ghosting*.

27

Las huellas del origen

Una vez pensé que podría vivir libre de todo problema mental; no es así. Todo puede estar bien externamente y nada internamente; los genes tienen más fuerza de lo que creía y de lo que me gustaría.

Me piden que sea simpática, amable, que tenga siempre una sonrisa en la cara, y tienen la poca vergüenza de compararme con Doris. Soy como soy y no voy a demostrar ser quien no quiero ser; no voy a hacer algo que no me haga sentir bien, tampoco voy a defender una opinión con la que no esté de acuerdo y, mucho menos, voy a decir algo que no pienso. Y es que el quid de la cuestión es: ¿ser quién quieres ser o ser quien dicta el Efecto Pigmalión?

A pesar de esto, el torbellino de pensamientos que hay dentro de mi cerebro hace que me sienta como una falsa. Hay momentos en los que lo dicho y pensado no se corresponde; es curioso, curiosidad que trae consigo una disonancia cognitiva. ¿Cómo voy a ir en contra de mis propios principios? Quizás, si supiera el porqué, podría hacerle frente; por el contrario, como ni tan solo lo llego a comprender, ya me busco alguna forma para intentar no pasarlo tan mal, reproduciendo al final una y otra vez situaciones del mismo estilo.

Mis pensamientos son confusos; vivo en una especie de desorientación crónica, he dejado de tener metas, ya no tengo ganas de pasarlo bien… No sé cuidar de mí, ¿cómo voy a cuidar de nadie? Sin duda, las palabras que acabo de decir pertenecen a una de las reflexiones más lúcidas que he tenido desde que hablo con vosotros.

Si he llegado a una conclusión es que no voy a tener hijos, tengo la certeza de que no sería una buena madre, tengo la certeza de que un pequeño en mis manos sufriría y no puedo permitir que otra criatura tenga que vivir una historia como la mía.

Últimamente, la verdad es que solo me apetece hablar de tristeza, melancolía, nostalgia, pena; en los capítulos posteriores voy a intentar que cambien un poquito esta visión.

28

Apatía social

Hace un par de semanas quedé con Estrella y Saim, necesitaba desconectar; lo que en su inicio iba a ser dar una vuelta de *chill* se fue alargando y terminó a las seis de la mañana. Nos lo pasamos muy bien, hacía tiempo que no disfrutaba tanto. Además, me sirvió para darle una vuelta a todo.

En esa madrugada, de vuelta a casa, Saim me dijo que lo que necesitaba era salir de mi zona de confort, que a la larga el estar encerrada en mi casa era lo que me estaba enloqueciendo. Bueno, estas palabras no fueron exactamente las que él usó, lo que sí, la idea… Y puede que sea así y que mi paranoia mental me la esté causando yo misma.

Después de ese finde, aprovecho cada vez que puedo para salir y de esta forma sobrepienso menos y me relajo más; aunque sea, me encuentro bien de mientras que estoy en la calle. Uno de esos días, estando de fiesta, se me ocurrió hacer una cosa.

Si me estáis siguiendo desde el principio, conocéis mi historia con Abraham y mi obstinación porque volviera; también conocéis que, aun cuando comencé a decir que no lo echaba de menos, mis sueños no me dejaban que me creyera esa negación, pareciéndome casi un imposible volver a conocer a alguien.

Tengo una gran noticia: estoy de vuelta en el mercado. He decidido dar el paso y crearme una cuenta de Tinder, lo que acabo de deciros es una información confidencial; sois los únicos conocedores de este hecho.

Mirad, no sé si estoy en el camino correcto, sigo sin saber qué quiero, qué necesito, qué me conviene y qué no; incluso dudo que esté preparada para tener una relación. Crear esta cuenta más que nada va a ser una prueba de ensayo-error, iré tanteando el terreno y si va todo ok, pues perfecto; que no, pues lo dejo. ¿No habéis escuchado por ahí que la intención es lo que cuenta? Pues eso.

Digo yo que os gustará o, en su defecto, os entretendrá conocer mis aventuras por esta red social, y es por ello que, en el momento que haga *match* con alguien, os lo contaré por aquí; sinceramente, espero que lo disfrutéis.

29

Los conocí en Tinder

Sí, los conocí en Tinder, los dos creyeron tener mi exclusividad. Juan llevaba insistiendo una semana con quedar, no me apetecía demasiado; solo era muy pesado y, por tal de que no insistiera más, cuando lo vi pensé: «Tierra, trágame». Su presencia me molestaba, no paraba de hablar; sentada en la terraza de una cafetería, mientras me contaba sus anécdotas, me estaba mareando, necesitaba que se callara. Le dije: «Un momento, voy al baño», quería escapar de allí, quería escapar de él; tenía una gran angustia, me marché por la puerta de atrás sin decir nada.

Me encontraba muy mal, me fui a la vía verde, necesitaba respirar paz y fue cuando me llegaron unas notificaciones de Lucas. Le dije de vernos, le pareció bien; cuando lo vi aparecer, su mirada era como la de Abraham, con él sí podría funcionar.

Cuando llegué a casa me tiré en la cama y cogí el móvil. Vi sus llamadas perdidas, sus mensajes de Whats-App y de Instagram. Juan me pedía explicaciones: «¿Estás bien?», «¿qué ha pasado?», «¿por qué te has ido?». Mirando al techo y pensando qué hacer, me quedé dormida. Al despertarme, lo primero que vi fue un mensaje de Lucas dándome los buenos días; de Juan, en cambio, no tenía ningún mensaje más. Me tocaba dar la cara y decirle que no me gustaba, que lo había hecho mal, que no se lo merecía, que perdón. Lectores, ¿pensáis que di la cara? La di a mi forma, le escribí unas simples disculpas y lo bloqueé; ni quería ni podía ver su respuesta.

En los siguientes días, Lucas y yo nos seguimos hablando, nos seguimos viendo y pasó de no ser más que un chico *random* de Tinder a ser mi todo. El despertar a su lado, entre sus brazos, sentía tener el poder sobre el tiempo; cerraba los ojos y volvía a sentirme relajada. Tengo que admitir que no era igual que con Abraham, pero sí lo suficientemente agradable como para olvidarme de los problemas.

Un día, de los que venía de haber estado en el chalé de Lucas, me crucé con un primo que me dijo que me veía muy guapa; a partir de ese día, compañeros de trabajo, amigos, conocidos hablaban de lo bien que me veían. Estaba radiante, me encantaba verme guapa, me encantaba tener una relación sana y me encantabas tú, Lucas, me encantabas…

30

Nuestra mirada

Poco se habla de la sincronización y complicidad que hay en tan solo una mirada de dos personas que se adoran. Al conectar nuestras miradas, conectábamos nuestra alma, rozando la infinidad de la plenitud. No puedo evitar sonreír al escribir estos maravillosos instantes; a su lado viví más que instantes, viví una época, la época.

Lo que realmente me volvía loca no era su atrayente físico, era su fuerza emocional y su sensibilidad; con él yo era poderosa e imparable. ¿Sabéis? Hubiera preferido no haberme convertido en esa yo, porque esa yo me llevó a conocer hasta qué punto el ser humano es capaz de… de cualquier cosa por no bajar del estatus en el que pareces estar.

Para mí, Abraham y Rebe eran parásitos que se alimentaban de mi inocencia. Eran… son malas personas. ¿Cómo os quedáis si os digo que yo también soy una persona mala? ¿Cómo os digo que vendo sustancias indebidas? ¿Cómo os digo que me aprovecho de los individuos más inseguros y con peor autoestima?

Lo que hago justificación no tiene; lo que sí tiene es entendimiento. En mi pasado, sabéis que no era nadie; en el presente he conseguido ser todo, estoy en el podio y no me da la gana bajar. De hecho, me es indiferente que el fervor entre Lucas y yo se apague; seguiré junto a él para verme resplandecer.

El egoísmo se está apoderando de mi sensatez; en parte era de esperar, dado que las emociones las siento muy vigorosamente. La felicidad me hace subir al edén y la tristeza sumergirme en el túnel más oscuro.

Si tienes el secreto del éxito, no lo rompas; yo lo rompí por querer ascender al olimpo. ¿Sinceramente? Sinceramente, creí haberlo alcanzado; sinceramente, me sentí eufórica; sinceramente, pensé que era una gran decisión. No fue una gran decisión, al contrario, fue uno de los fallos más grandes que he tenido, uno de los fallos más grandes que puede llegar a tener un mortal. Lucas me lo estaba advirtiendo y yo no le hice caso; él se enteró muy tarde de todo, la única responsable fui yo, aunque tengo que decir que el responsable de mi malicia sí fue él; él me introdujo en sus mundos, él me hizo sentirme poderosa a su lado, él me dio las estrategias para alcanzar su mirada.

¿Queréis saber qué hice? ¿Qué pasó? ¿Qué fue de nosotros? ¿Qué fue de todo? Yo deseo que lo sepáis, pero no ya. Esa época ha sido muy sombría y, para poder contarla con claridad, es mejor que esperéis un capítulo más. Lo que sí podéis ir sabiendo ya es que está relacionado con una película de ciencia ficción.

31

Mi error no fuiste tú

Dice el dicho «quien no arriesga, no gana». ¿Y quién soy yo para contradecir la sabiduría popular? ¿Y quién es mi lógica para ir en contra de mi satisfacción? ¿Y quién es mi intuición para ir en contra de mi felicidad? ¿Y qué son mis valores? ¿Y qué es mi moral? ¿Y qué es todo? Todo no es nada significativo; lo significativo es que mi interior, psicológicamente hablando, esté en comodidad. Lo significativo son los resultados.

Tentar a la suerte, balancearme en el limbo, jugar con fuego se convirtieron en mis principios, en mis ideales de vida; estando en el límite, me sentía eufórica, invencible… Ay, Lucas, ¿por qué me mostraste el esplendor de lo incorrecto? ¿Y por qué, cuando te pregunté qué si algún día me abandonarías, me dijiste que eso nunca ocurriría, que solamente saldrías de mi vida si yo así lo decidiera? Yo te creí.

Lucas tenía dos características que antes no había visto en un ser humano, ni siquiera en Abraham; Lucas era carismático y rico. Una cosa complementaba la otra, es decir, su carisma le ayudaba a ser rico y su riqueza favorecía su carisma. Su fortuna fue consiguiéndola a partir de trabajos ilícitos; lo sospeché desde el principio, me percataba de ciertas incoherencias en sus discursos y había una parte de su casita que no me había enseñado. Un día *random* de los que estaba por allí, en su casa digo, él se había ido a duchar y decidí subir.

Al ir subiendo las escaleras, me encontré con un rellano con dos puertas, una enfrente de otra. Pensé que ambas estaban cerradas. Probé suerte con la de la derecha y, efectivamente, estaba cerrada con llave, pero al probar con la de la izquierda sí que se abrió. Fue entonces cuando un escalofrío recorrió todo mi cuerpo. La puerta daba a un pasillo estrecho y largo. Al llegar al final, me encontré con otra puerta más. No me dio tiempo ni a girar la manecilla cuando escuché mi nombre, lo tenía detrás.

—¿Jun?

—¿Qué es esto? —pregunté mientras me giraba despacio y lo miraba a los ojos.

—Nada que te importe.

—¿Perdón? ¡¿Qué coño es esto?!

—¿Tonta o sorda?

—¡¿Me estás vacilando, no?! —pregunté muy enfadada—. ¿Cómo me puedes decir…?

—No, no te estoy vacilando —interrumpió Lucas—. Es mejor que no sepas nada.

—Me da igual, quiero saberlo.

—Vamos a hablar en otra parte —dijo, pensativo.

—¿Qué me vas a hacer?

—Nada, Jun, por Dios. Solo prefiero contártelo abajo.

—Vale —aceptó, indecisa.

—Vamos, anda.

Continuará…

Índice